馬華截句選

辛金順 主編

截句

● 是詩在回眸裡，最亮麗的星光

4 行詩

窗外的一滴雨，落進窗內

剎那而悠長————

清清亮亮響著，詩的

回聲

請在城市 最暗的深處，

點亮

一扇窗，並讓詩

摘下一段

美麗時光，

與夢攜手

對談

【截句詩系第二輯總序】
「截句」

李瑞騰

　　上世紀的八十年代之初，我曾經寫過一本《水晶簾捲——絕句精華賞析》，挑選的絕句有七十餘首，注釋加賞析，前面並有一篇導言〈四行的內心世界〉，談絕句的基本構成：形象性、音樂性、意象性；論其四行的內心世界：感性的美之觀照、知性的批評行為。

　　三十餘年後，讀著臺灣詩學季刊社力推的「截句」，不免想起昔日閱讀和注析絕句的往事；重讀那篇導言，覺得二者在詩藝內涵上實有相通之處。但今之「截句」，非古之「截句」（截律之半），而是用其名的一種現代新文類。

　　探討「截句」作為一種文類的名與實，是很有意思的。首先，就其生成而言，「截句」從一首較長的詩中截取數句，通常是四行以內；後來詩人創作「截句」，寫成四行以內，其表現美學正如古之絕句。這等於說，今之「截句」有二種：一是「截」的，二是創作的。但不管如何，二者的篇幅皆短小，即四行以內，句絕而意不絕。

　　說來也是一件大事，去年臺灣詩學季刊社總共出版了13本個人截句詩集，並有一本新加坡卡夫的《截句選讀》、一本白靈編的《臺灣詩學截句選300首》；今年也將出版23本，有幾本華文地區的截句選，如《新華截句選》、《馬華截句選》、《菲華截句選》、《越華截句選》、《緬華截句選》等，另外有卡夫的《截句選讀二》、香港青年學者余境熹的《截竹為筒作笛吹：截句詩「誤讀」》、白靈又編了《魚跳：2018臉書截句300首》等，截句影響的版圖比前一年又拓展了不少。

　　同時，我們將在今年年底與東吳大學中文系合辦

「現代截句詩學研討會」，深化此一文類。如同古之絕句，截句語近而情遙，極適合今天的網路新媒體，我們相信會有更多人投身到這個園地來耕耘。

【主編序文】
瞬眼花火，迴聲之詩

辛金順

1.

馬華現代詩的創作，向來不太注重小詩的經營，故篤志寫作小詩，或出版小詩詩集者，幾稀。因此綜觀歷來的馬華文學大系（新詩部）、詩選，或讀本等，幾乎很少看到小詩的蹤跡。究其原因，可能小詩一直以來不太被視為文學的主軸，難以暢達抒情和言志，也無法容納龐雜的情思，只能在瞬間召喚靈光的閃現，或剎那的生命悸動，而且語言必須精簡有致，如彈丸脫手，圓轉自如。這樣的創作，即使對訓練有素的寫手而言，也是具有相當大的挑戰，更何況一般

新手。所以，這或許是造成馬華現代詩中，小詩並不
興盛的原因？

　　所以小詩要寫好不易，成為佳作精品，更難。
因而歷數許多詩人行家論及小詩，都常有易寫難工之
慨。如向來推動小詩創作甚力的詩人白靈，就曾以
「閃電」和「螢火蟲」喻指小詩體式與內涵的精要與
力的美學，在一瞬之間，能讓人產生亮眼的關注[1]。當
然，白靈所指的是具有詩語感和詩性展現的作品，畢
竟小詩最忌語言鬆散無味，詩意不足，或在習常格套
操作模式裡生產的產品（而非創意詩品），甚至有些
成了格言警句的表述，以致詩意逃逸，詩性不存。

　　而在詩學上，詩的瞬間顯現（epiphany）和沉
默的聲音（silent voice），可以說是詩的兩大重要核
心，前者如巴舍拉（Gaston Bachelard）所揭示，即瞬
間之詩，將流動的時間凝固於剎那，同時卻衍生了詩
的歧義性，使詩意由此迸發（jaillir），而產生出一種

---

[1]　參閱白靈〈閃電與螢火蟲──淺論小詩〉，《台灣詩學季刊》
　　第18期，1997.3，頁25-34。

觸動人心的內在力量[2]。類此充滿爆發力的力量，也就是雅克‧朗西埃（Jacques Ranciere）提及的，一種詩的聖蹟，或一種形而上的隱喻能指，沉默的聲音[3]。這也使詩，成了文學中最具夢想性和聖性的詩學存有表現。

　　特別是小詩，內隱的瞬間迸發，尤為重要，不論是意象的新奇、情感的轉折，思想的深廣度等等，都必須在寥寥數行間完成，由此而去觸動人心，及讓讀者留下深刻印象。故晶瑩剔透的小詩，能呈現詩之隱喻，或如古典詩論所言及的「象外之象」、「味外之味」和「韻外之致」的，才能把小詩的創造意義托向了一個高度。

　　所以過往在大學教詩時，我總喜歡引夏宇〈甜蜜的復仇〉、商禽的〈眉〉、白靈的〈風箏〉、羅智成的〈觀音〉和顧城的〈一代人〉等詩作為教材，大致

---

[2]　見黃冠閔《在想像的界域上——巴修拉詩學曼衍》，台北：台大出版中心，2014，頁324-329。

[3]　相關論述，參閱雅克‧朗西埃著，臧小佳譯《沉默的言語——論文學的矛盾》，上海：華東大學出版社，2016，頁20-28。

上這些小詩都集中在二至六行之間，字數也不多，加上簡煉的語言與詩外之意所形成的想像指示結構，常可引發閱讀和學習興趣。因而，由此窺知，小詩寫得好，或有趣，其之傳播和影響，實際上還比中、長詩更大，以及更為讀者接受。

2.

回過頭來，縱觀馬華新詩的小詩創作，除了上世紀二〇年代中，因周作人譯介日本俳句和推行小詩運動，以及深受冰心等人的小詩創作影響，使得當時的馬華詩壇，曾引發一陣子的小詩創作風潮外，大致上，小詩創作並不被重視。而且揆諸當時許多小詩作品，大多流於議論和說明，散文化嚴重，詩意缺乏，因此佳作甚少[4]。及至三、四〇年代期間，由於南洋文藝色彩的提倡，也衍生出了一些仿效四行句式馬來民

---

[4]　見郭惠芬《戰前馬華新詩的承傳與流變》，雲南：人民出版社，2004，頁41和59。

歌體（班頓pantun）的新詩，如曾玉羊所作的〈春野情歌〉即為一例：「有了儂的風采／才配上君的愛／有了儂的熱情／才慰得君的心懷」，詞語直白無味，完全不具詩意，毫無特色，因此也就不堪一讀了。

　　馬來亞獨立後，現代詩逐漸崛起，當時曾被譽為馬華現代主義詩歌先鋒的白堯（1934-2015），也曾寫了一些不設標題的小詩，但數量極少，因此其小詩創作，從未被列入評論者的視域內。而後來做為馬華現代詩旗手的溫任平（1944-），雖曾標取出四行「現代詞」的創作名稱，惟作品只有兩首（其中一首，寫得頗有韻致：「樓太高了不許他回首／濁酒解決不了你的鄉愁／你在城裡等著握他的手／他在城外找不到渡頭」），更未引起注意。反而是在八〇年代末，積極倡導詩歌朗誦，進行「聲音的演出」和「動地吟」的游川（1953-2007），創作了不少十行內，隱含民族憂患意識的小詩。其詩多明朗而簡短有力，用之以朗誦，尤見爆發和感染力。因此，在這方面，游川實是小詩的創作能手。只是他後期（主要是1994至1995

年）所寫的四行詩，並無特色，誠屬可惜。

　　2000年後，馬華幾位寫作者，因應著時任泰國「世界日報」副刊主編林煥彰所推動的「小詩磨坊」，倡導六行和七十字數以內的小詩創作，進行了相關六行的小詩書寫。後來還由林煥彰主編了一冊《小詩磨坊：馬華卷》（2009），收錄了冰谷、何乃健、蘇清強、晨露、朵拉、郟眉和馮學良等七位馬華寫作人的作品。然而這些寫作人，多不以詩名，所收錄的作品，傾向平淡淺白，並缺少小詩應有的語言凝煉、精湛和充滿爆發力的特色，所以在馬華詩壇並未引起矚目和任何回響。

　　反而近年來，由於社交網絡的通興，臉書（facebook）、微訊（wechat）、推特（twitter）和IG等的盛行，以及智能手機隨身的便利，引發了不少年輕一輩詩作者，常在自設的網絡平臺上寫詩。因網路的視訊和結構感覺，以及稍縱即逝的特質，導致成了創作／生產小詩的溫床。是以，在相互觀摩、參與、對話和影響下，小詩逐漸成了大家所喜的詩體。

因其簡短，故大家都認為易寫、易讀，同時也易忘，以致於短小的分行文在網絡媒介上四處氾濫。因此就有人曾嘲謔，只要在短短一行字間，按下幾次回車鍵（enter），就可以成為一首小詩了。

但無可否認的是，社交網絡的確是推動了小詩盛行的書寫空間。如詩人李宗舜（1954-）在接觸了臉書後，就開始大量進行日常小詩創作；詩人方路（1964-）也自述，因為臉書所提供的創作平台，讓他嘗試了每日一行詩的書寫試驗；馬盛輝（1965-）喜於寫小詩襯畫；年輕詩人邢貽旺（1978-）則在手機畫板上時常手繪小裸人之舞，並創作二到五行的小詩加以配圖，飛鵬子（1986-）也多有五行以內的小詩發表，而且後來都出版成了紙媒詩集[5]。所以於此窺見，由馬華五字輩到八字輩詩人，都相當踴躍的在網路平臺上

---

[5]　李宗舜的許多小詩可見於其詩集，如《香蕉戲碼》（2016）、《傷心廚房》（2015）等。方路的小詩，多集中在《白餐布》（2014）詩集裡；邢貽旺的小詩則遍布於《鹽》（2011）、《行行》（2017）、《透明的舞者》（2018）等；飛鵬子的小詩，可見於《重要線索》詩集（2011）中。

開拓了他們的小詩創作空間，而且表現斐然，成績也極其可觀。更重要的是，這樣的小詩創作趨勢，仍在網路上持續著，發溫發燙，因此相當令人期待，也相當令人憂慮。

換言之，從網絡平臺上所看到的一行到六行小詩創作實驗，偶爾可窺見詩藝的鍛鍊和詩意的追尋，但更多的是與泥沙俱下的「分行文」，淡然無味的偽詩，或因大量操作／生產而陷入格套式的詩作，使得網路上小詩創作風氣一時大盛，彷彿進入了網民人人盡皆可為「詩人」的大詩歌年代，然而卻也讓許多讀者，往往在千萬顆詩的魚珠之下，迷惑於它到底與珍珠有何差別，而產生了「甚麼是詩」的問號來。或許——

啊，或許這正是一個詩歌美好的年代，同時也是一個沒有詩歌的年代？

3.

詩人白靈是台灣詩人中，宣導小詩創作運動最力

的詩人之一。近兩年來，他與蘇紹連、蕭蕭等詩人，大力的在推動一至四行之內的「截句」詩。因此不論是對「截句」的定義，創作、鼓勵、設置截句詩網頁，開徵詩獎活動等等，均可見他們在這方面的努力和用心。

　　雖然「截句」此一詩體概念，最早於2016年底，由中國大陸小說家蔣一談提出的，若從字面解，應是屬於從一些舊詩作中摘取一小段詩句出來，獨立成為「截句」。惟根據蔣氏的說法，「截句」也可以自創新作，只是限數一到四行，如此一來，它大致上就屬於微型詩，或閃小詩之類，只是不須標題而已，所以在行數形式上，它與四行以內的微小詩，並無任何差異。

　　而且，在蔣氏提出「截句」此一概念之前，中國大陸已有四行之內的小詩徵文獎了，如設於2013年的徐志摩微詩大賽，所徵的就是一至四行以內的詩作，而且反應相當熱烈，辦到第六屆時，參加的數量突破了五萬多首，由此可見，微詩獎通過網路媒介徵文所激起的詩潮，是如何的澎湃洶湧。

　　當然，如果要從新詩史溯源回去，則在1922年，周作人於晨報副鑴發表〈論小詩〉一文，可以說是最早為一至四行小詩，做了相當系統化和完整性論述的源頭。而當時深受泰戈爾小詩和日本俳句影響的冰心詩集《繁星》和《春水》，更是最早集中於書寫四行詩以內的作品。易言之，如果「截句」做為一至四行以內的小詩創作運動，則在對應著新詩史的發展，它將如何形成一個詩體演繹上的創發意義？

　　然而若撇開這個面向新詩史的問題外，大致上，截句微詩運動，正好可借助時興的網絡媒介平臺，引發更多人關注小詩創作，甚至參與此一創作的遊戲，這不締對「詩的復興」，具有一定的推動力。是以，在這方面而言，白靈等在台灣所大力推動設有標題的「截句」詩運動，對詩的推廣，無疑也就含有相當大的創作和傳播意義了。

　　而且更特別是，這次他把截句創作運動推至東南亞各地，讓截句南向，並邀請當地詩人編纂「截句詩選」，以形成跨區域的「截句」創作交流、觀摩與互

動，在創作共構和影響意義上來說，必然是會留下刻痕；同時在跨地域間，應該也會形成截句詩波瀾，由此激盪而深遠，壯闊而流長。

4.

其實這本《馬華截句選》應是由李宗舜主編，惟宗舜基於某原因，請我代為負責。而我之前雖對「截句」有些疑慮，但因2017年初，曾玩票性質創作了三十首四行截句，因此在推動詩創作風潮的共同理念下，對這樣的一本「截句選」，其實還是相當樂觀其成的。

在點選詩人方面，此「截句選」大致上是以字輩做為考量，這多少涵具了馬華詩人承傳的一個意識，同時也可展示出在不同字輩之間的詩藝、語言和感覺結構的差異。故所選進的詩人中，有四字輩而已經過世的何乃健，也有年輕而充滿朝氣的九字輩代表鄭田靖（1996-），故由此可以窺見世代差異間，所顯示

出他們於詩創作上不同的聲音，美學品味和立場。此外，也選入了師從詩人吳岸（1937-2015），崇尚寫實主義詩風的王濤，以期由其作品，可以探視出，曾經（上世紀七〇年代之前）作為馬華新詩主流的現實詩歌一脈，所涵具的特有語言和關懷面向。

　　至於五字輩的宗舜，早期身為神州詩社的掌旗手時，就創作了不少抒情自我，婉約典雅和情聲蘊籍的詩，令人頗為矚目。然而人到中年後，卻詩筆一轉，面向了現實煙火和生活日常，關懷種種社會現象，而展現出了跟以往完全不同的詩風來，近年來更是創作殷勤，有每日一詩到五日一詩，產量驚人。因此，他可以說是馬華五字輩中，現下極少仍在堅持詩創作中最特出的一位（好像沒有之一了）。在此選入的截句，也是他在日常所見所感所思的生活題材，實存的，展現出了他在這方面的一分創作詩觀。

　　而選入的六字輩中，除了本人與王濤之外，所選的其他兩位，即方路和呂育陶。他們無疑是目前馬華現代詩的創作中堅，在創作的質量和獲獎方面，都

交出了很好的成績。方路的詩，向來以抒情為主，語言感性而充滿磁意，並強調詩的藝術思維和詞語的雅麗，故在其所呈示的十五首截句，以節令為題，通過詩情和意境，輻輳出了一分詩人溫厚的心緒。而呂育陶的詩，向來是以後現代和關懷政治現實為主，惟近期的詩，則比較面向生活，並具有一定的思考性，詩語亦常有巧思，頗能觸動人心。而其所作的這些截句，即為例證。

　　除了六字輩，七字輩的詩作者也多有表現，其中許裕全和邢貽旺可謂是此輩中的佼佼者。許裕全是個創作的多能手，小說、新詩、散文和報導文學均有涉獵，而且獲獎無數。其詩善於經營意象，也相當熟練地掌握了詩的修辭和情感節奏，如他的〈登山〉：「背兩噸霧上山／放生／於是有了思念的海拔／和相望的朦朧」，可窺出其對詩意，有著相當嫻熟的鍛鍊了。邢貽旺的詩，則展現了一分機智和巧意，在口語式的清淺中，卻往往別有意指。他後期寫了不少小詩，許多作品，常常有靈光一瞬的驚喜。是以，所選

入的截句，也以此為主。

　　至於另一位七字輩的女性詩人邱琲均，早期深受其老師陳強華（1960-2014）的詩教影響，詩風滑向了夏宇式的語態，如〈考試前夕〉所揭示的：「唯一想做的事／嫁人／嫁給一個沒有了慾望的富獸／然後／在他的駝背上／繼續寫詩」，一種帶著嘲諷、幽默的自我戲謔表現。近來詩風則比較沉穩，而且詩中也多了一些人生的感悟，且自成風格。而在此選入的截句，乃其新作，展示了一分她近年來對生命與生活的種種思索。

　　當然，必須在此強調的是，馬華優秀詩人並不止於所選入的十名，但由於「截句選」只限定十位詩人（每人十五首）入選，因此難免遺漏了其他詩人詩作，這也是無可奈何的事。惟慶幸的是，所選入的十名詩作者，不論從詩的創作經驗和詩藝的探索理念，或對詩語言的把握和實踐，都有他們各自的表現。故在這本「截句選」內，雖然所經營的純是四行以內的微詩體，但從中仍可以窺探出，他們在字輩的世代差

異中，展現了各自不同的語言／詩感和關懷面向，同時
也在世代間呈現了彼此的承襲和影響。故這些詩人截
句，能在此共同展示，無疑是相當難得的一個詩聚會。

　　然而，如果說要對此詩選有甚麼缺憾的話，或
許，就是做為一本標註著「馬華」的詩選集，詩選中
涉及「馬華」屬性和主體意識的作品無疑少了一點，
因此在跨區域的「截句選」中，比較無法凸顯此一詩
選集的特色，以及與其他區域的「截句選」，有著不
一樣的區別。畢竟，只有在差異中，才能形成更深刻
和更有效的對話吧？

　　最後，此「截句選」的編成，必須在此感謝宗舜
於編選過程中的協助，以及詩人白靈促成了這本《馬
華截句選》的出版。同時，也希望這樣的一本選集，
能在截句創作的共構中，讓更多人看見，以及，引起
一些些閱讀的回響。

目　次

輯二 | 李宗舜截句詩

輯三｜辛金順截句詩選

輯四 ｜ 方路截句詩

輯五｜王濤截句詩選

輯六｜呂育陶截句詩選

輯七｜邱珈鈞截句詩選

輯八｜許裕全截句詩

輯九｜邢貽旺截句詩選

輯十｜鄭田靖截句詩選

何乃健截句詩選

何乃健

　　1946年生於泰國曼谷，1953年移居檳城，祖籍廣東順德，馬來亞大學農學士及馬來西亞理科大學生物學碩士，為一名水稻專家，2014年因病過世。

　　曾著有詩集：《碎葉記》、《流螢紛飛》、《栽風剪雨》、《百顆芥子》等；散文集《那年的草色》、《淅瀝的簷雨》、《稻花香裏說豐年》、《禪在蟬聲裏》、《逆風的向陽花》等，合集《含淚為大地撫傷》、《驚起一灘鷗鷺》等；評論集《荷塘中的

蓮瓣》，以及科普書《轉基因・轉乾坤》、《水稻與農業生態》等共23本書。

1.火與歌

只要有火

就能燒破重重的黑暗

只要有歌

寂寞就不敢靠近你的肩膀

稿於1963年，重修於2010年

2.清明節

忽高忽低、忽明忽隱、忽東忽西
流螢，像焦灼的心
莫非牽引遊魂返鄉的山徑
讓荊棘與蔓草吞噬了，崎嶇難行

稿於1997年，重修於2010年

3.茅台

茅台將祕密告訴我的味蕾
那撲面而來的酒香
皆因高粱的鬚根吸吮了
能將悲苦醇化為酒的淚水

4.病後心境

冬天的雪原皎潔安寧
野鹿留下深深蹄印
紛飛的雪花淡然微笑
輕輕撫平

5.雲中冰晶

在晦冥的積雨雲中心

冰晶頓然照見

入定後通體透明

6.祕密

古井懷疑

群星輪流在井邊所梭巡

是為了偷窺井底

深埋了百年的祕密

7.煙花

煙花多年來的夢

是設法在虛空

撒種火種

8.黑洞

將所有光芒

吸納入內臟

依然無法驅除

心中比死亡更陰森的幽暗

9.陶壺

我的心原是一堆黏土
烈火的煎熬將我燒成陶壺
畢生憧憬將所有草藥的苦
催化成昇華靈魂的甘露

10.春茶

將大地在冬天裡醞釀的夢

連同春暖花開的薰風

熱情地擁抱入懷

悠然潛入紫砂壺中的溫泉游泳

11.南北極

當心靈冷酷如永恆的冬季

任憑無情的冰雪層層堆砌

靈魂就慢慢凍結，變異

成為寸草不生的南極與北極

12.鄉愁

車廂裡遊子思緒幽幽
和鐵軌上微寒的月色搓揉
列車轟然而過後
輾成一片薄薄的鄉愁

13.寂寞

路，沒有人走
荊棘就將它回收
心靈，沒有思慕探訪
寂寞就將它衝入湍流

14.水燈

彷彿螢火蟲匯聚的光帶
千盞水燈從心中的靈山流出來
漂向河口，奮力拯救
千里無主孤魂脫離苦海

李宗舜截句詩

李宗舜

　　原名李鐘順，易名李宗順，另有筆名黃昏星。

　　1954年生於馬來西亞霹靂州美羅瓜拉美金新村。
現任馬來西亞天狼星詩社常務副社長。著有詩集：
《兩岸燈火》、《詩人的天空》、《風的顏色》、
《風依然狂烈》、《笨珍海岸》、《逆風的年華》、
《李宗舜詩選1》、《風夜趕路》、《四月風雨》、
《傷心廚房》、《李宗舜詩選11》及《香蕉戲碼》。
散文集：《歲月是憂歡的臉》、《烏托邦幻滅王國》
及《十月涼風》等。

1.評審會議

孔雀魚游盪溝溪，河水污濁

更多的水族館

飼養不出生物學常識

貧乏的心靈

2.了結

手錶壽終就寢
星期六雨天
錶店師傅宣布：
它已停止呼吸

3.和弦

朦朧暗巷死角

夜鶯飛上老舊店屋

簷上棲宿南來鷗鳥

一齊對唱子夜悲歌

4.感恩節

睡夢驚醒

起床第一滴眼淚

竟是對著鏡子的自己

抿嘴微笑

5.趕路

繁華歌聲換成舊瓶

語音搜尋絕版的唱腔

日子走過仙人掌

紋路清晰如早起的鳥鳴

6.寂寥

一張一弛的肌肉
在獵鷹的荒漠中
以高聲狂呼的速度
為這片大地整容

7.書卷

倉頡運筆

在我眼前跳出

一巨大無比的

禿鷹

8.起點

終站好像是旅途

一張地圖

最遠的起點

9.煙霧

黑夜從手中
掏出一根火柴

擦亮時
竟是多餘的火焰

10.故人

接近溺斃的一瞬間

那人猛回頭

一卷狂浪

打翻了漂木

11.古人

孔子身影

論語和春秋

卷軸裡隱寓的氣旋

早已鑽進了血液

12.怦然心動

一隻花蝴蝶

自那初戀情人眉峰

悄悄飛過

13.一瞬間

等待太空梭

驀然回首

在時速和光速間

一瞬間和一百萬光年

14.神話

薛斯佛西始料不及

推著巨石上山

夢會被冷箭刺穿

然後石頭繼續滾落下來

15.這種晨光

這種晨曦，曾經

灑滿綠樹金光

偷偷從落地窗簾滑進來

悄悄地把冷漠的棉被曬乾

辛金順截句詩選

三

辛金順

　　國立中正大學中國文學博士。曾任教於台灣國立中正大學和南華大學、馬來西亞拉曼大學中文系。曾獲：新加坡方修文學獎新詩和散文首獎、馬來西亞海鷗文學獎新詩首獎和散文特優獎、中國時報新詩首獎、台北文學獎新詩首獎和散文優選獎等獎項。

　　著有詩集《時光》和《詞語》等11本；散文集《月光照不回的路》和《家國之幻》等5本；學術論文專書3本，及主編《時代、典律、本土性：馬華現

代詩國際學術研討會論文集》、《馬來西亞潮籍作家
作品集1957-2013（散文卷）》和《大山腳作家文學作
品選集》等4本。

1.聖音

鐘聲清亮穿過十字架，來到
燭光的火焰上
搖曳，而墜落成了一地
粉身碎骨的靜謐

2.傷痛

大雨回來的時候，我已離開
你潮濕的心房，只留下
一隻啄木鳥，啄出了一聲聲：
「痛、痛、痛」

3.孤絕

從音節的罅隙，交換破裂
一枚哀傷的詞
緊緊釘入了黑夜，最深
最深的孤絕

4.遺響

「小樓清淺過流雲，夢不來時睡不勤。

猶記當年書裡字，曉風吹去各紛紜。」

時間垂下腰身，探問所有出走的字

卻只聽到詩走遠了的聲音

5.空物

脫下衣服，脫下了眼、耳、鼻、舌、身
脫下了你，脫下所有的詞語
只留一枚夢
在夢裡酣睡

6.寫詩

用詩隱姓埋名，並在一行又
一行句子的田野間耕讀

雨天時就把風雲收藏在肺部
等三月播種，一地的驚雷

7.生活

我們都行走如石，滾落一些青苔
留下嘲笑的命運
在荊棘和火的面前，努力跨過
自己的陰影

8.老去

牙痛，歲月被蛀蝕成一個大洞

腐朽而

易爛，只聽見風聲，正從

磷骨內出走

9.Bukit Bintang之夜

Bukit Bintang街頭馬來歌手唱：Hujan turun
kehati，membasahi cinta ku seribu hari（註）
琴弦撥動燕子起飛
星星搖落，吉隆坡的天空夜一樣的黑

註：雨下在心裡，潮濕了我千日的愛

10.感覺

我聽到雨聲開花,在時間的池面
那些走遠的,以及來到
淡薄,近於破碎,近於空無,近於
詩,恍惚而零落

11.詩

都說是塔了

石頭裡開出的花

攀上最高

最高的神祕，與眾神對話

12.分行

蝴蝶飛走了，回車鍵

留下花朵，回車鍵

在風裡笑，回車鍵

笑成一行一行的回車鍵

13.存在

釘子被錘入黑暗中，哀傷的
以尖銳，插向命運的深處

或成為光
照亮，自己的孤獨

14.人生

睡眠裡的暗，和黑
被古老的咒術壓入日月之下

時間的陰影卻在此
與死亡競渡

15.空無

占卜的星，退到很遠了
成為遺忘的詞

在霧裡，大聲喊出
一片空無

馬華截句選

方路截句詩

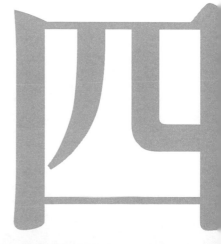

方路

　　原名李成友，1964年生，檳州大山腳人，曾獲花蹤文學獎新詩首獎、時報新詩評審獎。著有詩集《傷心的隱喻》、《電話亭》、《白餐布》、《方路詩選Ⅰ》及《半島歌手》，作品曾選入大馬、新加坡、台灣、香港和中國等選集。

　　現任星洲日報高級記者、馬來亞大學深耕文學創作課程講師及阿里路路（alilulu）創辦人。

1.立春

春，讓人渴望相遇，但又擔心失去的濃烈的青春。

來到了一群野鴨的池塘我算是找到了預告春意的方式。

有可能過了這個春就不再有像樣的春季了。

我嚮往陽光，有時像光的鞭笞，但我仍嚮往和你擦身
　　而過的熱度。

2.雨水

我願意沿著你的思維向盡頭走去直到和你的眼眸對接。

像戀人的絮語經過了長長的一個世紀。

你要在我屏住呼吸的地方種植一株勿忘我。

我能夠和你一起遠行，就是一日將盡的剎那。

3.驚蟄

我在雷聲中聽到一種輪迴的敘述。

能夠在屋簷立久的鷹一定是辨認到自己前世的窩。

不久以前，你在樹的年輪中找到失散的指紋。

像和青春重逢那種在一萬朵星河中對生命的熾熱。

4.清明

一把傘的意象於是我來到的有雨停放的地方。

你從雨的光影中穿過了自己的前世。

這個節日適合遇見失去的情人。

經過一座曬滿了白布的山區，我知道這是集中清洗
　　屍布的小鎮。

5.穀雨

在大地上植物一畦真實的淚。

像你躺在大地而面向我弄濕的身體。

只有宇宙可以在雨絲上完成刺青的工程。

你用一個季節的雨為我洗禮。

6.立夏

赤裸的走向一盞小火那是接近你最熾熱的心的體會。

在無法回頭望時，你最好俯首，這樣就會想起來世
　　的我。

有陽光的地方讓人不害怕黑暗和白日的交界。

淡淡的哀愁，因為春是最脆弱的一隻蟬。

7.小滿

有一種植物長在空中他們說是滿天星，我說是銀河的
　名字。

昨日是纏綿的情人，今日是樹敵的愛人。

有了滿月的想念，於是，你徘徊在月球運行的軌道中。

我和你一直渴望能看見彼此真實的交會眼神。

8.芒種

有土壤的地方就有種植愛情的理由。

你用煙雨邀我來，我卻用前世的一艘船赴約。

我在你的酒窩中找到自己最寫意的醉意。

一束花的盛放像一炷香的生命。

9.立秋

秋，是盪鞦韆而來的一個神祕客。

我把心事藏在最深的地方，這個地方最容易著涼。

可以看到風的實影，那是詩，可以和風細細談，那是
　　你入涼後的戀愛絮語。

如果遙遠可以計算戀人就沒有所謂的永遠道別。

10.白露

像白色的絲巾披在你想看到的天涯。

在無人的地帶你用睫毛想念於是找到了自己的第一愁。

我在一座森林交換了唯一存在的白色霧。

當你遇見一面湖，那是我平躺而等待你的輪廓。

11.寒露

你醃一些桃子用來和迷路的流浪雲交換方向。

你在一些淡色的畫作中添加繽紛像給嘴唇抹上口紅。

看見羽毛你想念飛翔，聽到鼓聲你嚮往出發，摸到肌
　　膚你渴望一次纏綿。

你梳理好的長髮彷彿是用時間潑墨我看到的昨日完成
　　的長卷。

12.霜降

一個人如果可以知道自己降溫的過程，實際上就不會
　害怕孤單。

霜降，彷彿是完成單獨一人的結業證書。

很想明白一個時季到底是催情還是摧情，使所有的葉
　落了下來。

永逸不要寒暄那是陌生人才有的禮儀。

13.立冬

感覺這只是一個姿勢像擱放在虛擬位置的一具鼓。

你能想起甚麼時候遺忘彼此就是百合花合眼而眠的那
　　一天。

季節在更迭時充滿張力最像在談一場熱戀。

你來了，在大漠的途中，你去了，在葬林的寒意中。

14.小雪

用古老的甕醃製你最淨潔的心。

當我走到最遠的時候，我看到和你最貼近的影子。

午後可能有一隻熱帶啄木鳥，牠用自己的堅持雕刻一
　　座想像的冬。

一次的寒需要多少時辰，以還原完整的凍。

15.大寒

你是對著蒼天而眠的大地的使者。

潮濕的面對一日，像海岸面對一年的大潮。

一條河有自己命名的方式，一個人生有自己開啟命運
　　的程序。

我曾向海許諾等下一個漲潮我必定會回到你冰涼的
　　浪尖。

王濤截句詩選

王濤

　　馬來西亞華文詩人，1965年誕生於霹靂邦咯島。曾出版詩集：《漁人的晚餐》、《醋溜白菜》、《只有浪知道我們相愛最深》、《王濤詩選》、《王濤短詩選》、《再戰大海》、《你醒在海醒之前》。

1.斷鎖

鑰匙斷在鎖匙孔裡

那人靜靜地離開了

我在白晝

關不上你暗暗的房

2017年6月5日

2.史火

歷史的火很好把玩，不然

人們不會耗費心機

挖出遺忘的遊戲

尋找曾經玩火的人

3.民族

命運像粽子

綁得緊緊地

互相承受

烈火燒烤

4.海心

如果擁抱是沉入海底的夢

在海床最深處，它會碰觸什麼？

之後的爛石，交給枯海

時間已經不懂如何量計

5.故鄉

回頭望故鄉遠去了

最後一站，車票

已經過期

6.奇葩

一朵奇葩安靜開在人間

羞愧是我的心

不如它美麗

7.投票

民主至少要罰站

再兩個小時

這條路再辛苦

也要讓汗水排出

2018年5月9日

8.冬至・蛇

毒蛇冬眠了嗎？

不，它趁寒冷

悄悄地咬死

不設防的人心

2017年12月22日

9.螢火蟲

你將我從夢中喚醒
而你知道真理在黑暗裡眨眼嗎
我開窗
你傳播光的信念

2017年6月6日

10.人民的尊嚴

倘若有一天，我們

窮困得只剩下選票

當權者，請

將麵包屑也吃掉。

2018年4月10日

11.魚腥草

生命的力量。重量。數量
不過浪尖上的泡沫
瞬間消逝在跌盪裡

12.獨立

黑暗拉攏黑暗

一條街被黑河掩沒

歷史從來不屬於光明

真理的火讓我們生存

2017年8月31日

13.苞

天遺留下一滴淚
我種活的愛情
與風戀愛過
被雨刺痛

2017年3月24日

14.愛情鳥

心落在地上，走動
如葉子尋找陽光的影子
聽見沙粒粉身碎骨，卻仍在等待
輕輕地啄食愛情的你

2017年1月30日

15.羽毛

水波會將信念與理想

漂流多遠？像一隻

小小的船

夢想從天空落下

輯

呂育陶截句詩選

六

呂育陶

　　生於1969年，祖籍廣東順德，美國康貝爾大學電腦科學系畢業，現任職投資銀行。曾獲臺灣時報文學獎、新加坡方修文學獎、花蹤文學獎、海鷗文學獎、優秀青年作家獎。

　　著有詩集《在我萬能的想像王國》、《黃襪子，自辯書》、《尋家》。

1.重量

他對著盆栽
說了一整夜翅膀被擊落的故事
天亮
不勝負荷的盆栽都倒閉了

2.解凍

退冰的高湯
被爐火煮成一鍋快樂的粥

退冰的愛情
依然是一灘死水

3.日記

過往我們隱藏私密的日記
像少女不讓人看見的內衣

現今我們每天把自己攤開
渴望旁人圍觀自己臉書上的日光浴

4.合十

他把沾滿鮮血的右手

和捧著經文左手

合十

白鴿緩緩飛來降落他頭頂排便

5.色彩

他一直住在黑白相簿裡
你出示一張彩照
「這是生活嗎？」他問

「這是詩。」

6.切割

把日子交給我

我以偏見的刀鋒

切割成兩部分：

仇恨，以及更多的仇恨

7.城市之光

城市吸收我們
吞嚥、分解、消化我們的靈感
幻化成夜裡照亮城市的光

8.存在

我建築我存在

我奶茶我存在

我按讚我存在

我吸食理想的迷幻藥我存在

9.玫瑰

我穿越重重黑森林把玫瑰

安放在你的夢裡

你卻輕率地把它

自心頭拂落

10.虛擬現實

舞臺劇想重築現實

但現實是三億四千九百八十一萬五百六十七滴雨中

永遠不會有同樣的一滴水

打在你頭上兩次

11.鍵盤戰士

與上帝通靈的人工智慧機械人推送
我們喜愛的購物清單和政治性傾向
抵達臉書的國境
我們淪為一副被塑造的咆哮的鍵盤

12.季節

有花自樹梢墜落
晚風中，緩緩降落
枝頭折斷的部分
是我心的位置

13.商科

「眾生生而平等」神說：

然而──

基於有限的預算和連年財赤

唯有選擇性經營平等

14.細節

深入顛簸的我們發展中的花園，我蹲下

幫你把鞋帶繫上一個蝴蝶結

一隻蝴蝶翩翩繞過

流動的時光在我們身上也打了一個美麗的蝴蝶結

15.傷

陽光把生活烘暖

你正悲傷

你不悲傷

生活把陽光烘暖

邱珮鈞截句詩選

邱琲鈞

又名阿貝。祖籍福建。1971年出生於馬來西亞檳島。

曾在意大利居住20年。著有：散文集《卸妝之後》（1996）、《靴子裡的女人》（2017）；食譜《甜言蜜意》（2009）；詩集《想邀你私奔》（2010）。

1.夢翼

強風刮稀了我的睡意

遊走在現實與夢境之間

我還是不忘叮嚀你

「請務必要小心折疊我夢，背上羽翼」

2.午後

調皮的陽光

將我的淚珠，悄悄

折射成一道道斑斕的彩虹

3.迷路

進入你的眼瞳後

我一路跌跌撞撞

最終掉入你蓄藏在心底最隱密之處的

淚池

4.一次意外的旅程

不小心騎上的那一道光把我

和我的笑意一起送到一個黑洞的表面

時間因此停滯

快樂因此永存

5.預言

逃離陽光

因為祂會讓我們的哀愁

快速成長成一片林

6.詭計

我急速朗讀我的詩句

只為了不讓你參與

7.猶豫

我想把我的宇宙從人群裡撤離

卻擔心，被抖落的詩句

將是一群茫然失措的星星

8.請留步於我的世界之外

我為你設置了一扇門

交給你一把造壞的鑰匙

9.有一種想像叫暗戀

想像那裡有一扇窗

想像自己在窗前繪一顆樹

想像你正要身離去

想像空氣忽然凝滯，時間忽然停止

10.暗語

當我緊緊握住你的衣角時
請你輕輕掩住我的雙耳
悄悄領我離開這片廢墟

11.照相

我要將你定格在一個
專門為你設置的天堂裡

12.冷戰

捻熄今天最後一根煙

我凝視你緊閉的嘴角

思索

應該要以什麼樣的姿態來掛起明天的太陽

13.蝨子

我的腦子裡長滿了蝨子
該忘的，被她們吸啜了
不該忘的，也被它們吸啜了

14.問題

想起的一片空白

算不算是記憶

日落之後的黑

一地的落葉，是不是一種存在

15.終結

我終於安靜下來

下垂的睫毛擋住了所有你講給我的風景

我決定摟著自己的影子沉沒

在喧鬧的人群中，再也不想著聲

許裕全截句詩

許裕全

　　馬來西亞華文作家協會（作協）會員，1972年出生於吡叻州班台小鎮，畢業於台灣成功大學企業管理系。

　　自幼喜歡文學創作。創作文類包括小說、散文、詩歌及報告文學。

　　作品曾獲花踪文學獎，時報文學獎，聯合報文學獎，梁實秋散文獎，台北文學獎，海鷗文學獎，星雲文學獎，宗教文學獎等。

　　著有散文：〈山神水魅〉、〈從大麗花到蘭花〉；
詩集：〈菩薩難寫〉；小說：〈女兒魚〉；報告文學：
〈47克的罪愆〉。

1.夜和妳的名

打開黑暗

我慾望無際

在天涯海角呼喚惡魔

和妳的名

2.思念

被切割得破碎了我願意

把自己消融成影子

用淚水釀妳

3.未來的小孩

妳的凹陷像容器

盛住我的罪

生出喜悅的胚胎

4.父親之一

我不習慣以潮汐想念

它們過於洶湧

你水偏傍的名

5.父親之二

你一直躲在我身體
播報天氣。陰晴不定
釀我討厭的鹽壞我情緒
我才不願和你聞起來像鹹魚

6.父親之三

你已退潮

我在岸上替你背著

生前或身後的浪

我們都是彼此看出去的那一片海

7.拜訪

走很遠的路去看你
行李裝的都是光
也包括陰影

8.登山

背兩噸霧上山

放生

於是有了思念的海拔

和相望的朦朧

9.錯身

如果能在路的盡頭遇見
幸福。我選擇迂迴
歧路和轉彎處
等你

10.暗戀

我總是不合時宜

膽怯，身體長滿仙人掌的刺

你的注視讓我顫慄

忍不住開花

11.我們之間

這些年
一直在愛。卻不在愛裡
喜歡愈走愈遠
抵達，只有一人

12.其後

我活著。不在當下
日久。生疾
清空了許多卻只能騰出
零點幾公分和世界的距離

13.療癒

拔掉身上那些憂傷的刺

留下的洞口

都能植上一棵樹

有一天終將長成一片森林

14.我的美麗

這些美早在我抵達前就已發生

可惜我不是神喜歡的人

但我還是忍不住

偷偷綻放了一個春天

15.遇見

青春離乳斷尾，男人四十我

有惑。於是K歌：「關上門轉身離開，推開

另一扇門後──」叩叩，驚見

父親母親，坐著輪椅滑進來

邢貽旺截句詩選

邢詒旺

　　出生於馬來西亞森美蘭芙蓉。著有《鏽鐵時代》、《法利賽戀曲》、《行行》等詩集。曾為《野火作品鈎沉》繪製插圖。曾任《什麼?!詩刊》創刊號主編。

　　參與過台北詩歌節、南方文學之旅、動地吟等文學朗誦會。

　　詩文亦見於《聲音的演出》、《時代的聲音》、《馬來西亞海南詩文選集》、《我們留台那些年》、《我們返馬這些年》等選集。

1.遺

蝴蝶棲在早晨十點十五分的鐵道上

感受著你

遺下的

震盪

2.敷衍

青蛙講道聽多了
暑夜是一場默劇
鐘錶裡喧嘩的觀眾
爆米花冥思如雨滴

3.雨

你在灌溉嗎？許多心被鎖在窗的另一面；
你在灌溉什麼？星星在你走後開始冒芽；
你想收割？稻田破碎如鏡；
雨啊！你這個門外漢。

4.同類

我劃亮火柴，使它跳起來

像一隻吃素的老虎

在森林裡穿梭

找不到同類

5.考古學家的淚

考古學家流著淚說

墓碑上的容顏

讓人有挖掘的衝動

6.曹植

青蛙看著小青蛇

一樣的

膚色

7.從霧中醒來

從霧中醒來，我為你高興

雖然在你醒來之前

我進入霧中

8.外勞

耐心地排隊把收入匯入家鄉以後

耐心地散布在各個角落

等待星期六和星期天

變成星期一

9.公平

時間飛了

你也走了

有了兩種傷痛

世界顯得公平

10.斷章

或許許久以後

你會聽見從前

我把心事

切斷的聲音

11.交際舞

為了不跌倒，我不斷
踏出下一步
有時前進，有時後退
有時團團轉

12.寫詩

坐在文字旁

成為附加的部首

讓每一個讀過的意義

有了還原的空間

13.一定才並且

我一定是抓得太緊

才會被你推開

並且終於看見

你不是我的眼

14.信

天空蒼茫得像一張信紙

有時候我覺得生命是一封信

我的每一思想每一舉動

都是在寫信

15.詩人與狗官

沒有比詩人更愛狗官的了
每當一根腐敗的骨頭丟出
他們就有了
追骨頭的創意

鄭田靖截句詩選

鄭田靖

　　1996年生，北馬大山腳人，日新國民型中學畢業。目前就讀於廈門大學馬來西亞分校。曾獲第一屆海鷗青年文學獎新詩評審獎，全國大專文學獎、依大文學獎詩歌組首獎，廈大馬來西亞分校詩歌創作一等獎，拉大文學獎、馬大深耕文學創作新詩組優秀獎，遊川短詩獎等獎項。部分作品亦被收錄於《母音階──大山腳作家文學作品選集1957-2016》（2017）等書。

1.落日圓

巴士停歇，街人與落日行走

斑馬線，纏住日落如圓

那一瞬間，在流動的行距中

我佇立無聲。